양광모 대표시 105

양광모 대표시 105

초판 발행 2026년 1월 15일
지은이 양광모
펴낸이 김선기
펴낸곳 (주)푸른길
출판등록 1996년 4월 12일 제16-1292호
주소 (08377) 서울시 구로구 디지털로 33길 48 대륭포스트타워 7차 1008호
전화 02-523-2907, 6942-9570~2
팩스 02-523-2951
이메일 purungilbook@naver.com
홈페이지 www.purungil.com
ISBN 979-11-7267-069-6 03810

푸른길

시인이 직접 고른

양광모 대표시 105

아직은 살아볼 만한 세상이라고

양광모 지음

시인의 말

그동안 쓴 천구백여 편의 시 중에서
독자들의 잣대가 아닌
시를 쓴 사람의 잣대로 105편을 골라보았다.

오랜 세월 "시는 북이다."라는 믿음을 지키려 노력했다.
인생이라는 전쟁터에서 고통받고 신음하는 사람들을 위해
응원과 위무의 북소리를
힘차게 때로는 잔잔히 귓가에 들려주고 싶었다.

여전히 가야 할 길은 멀고
느린 발걸음은 좀처럼 앞으로 나아가질 않지만
이미 지나온 길을 되돌아보면 그 또한 감회가 무궁무량하다.
사랑하고, 쓰고, 모두 나누다, 떠나리라

이 시집에 실린 시들이
당신의 애쓰는 영혼에 작은 위로와 힘이 되어주길,

2026년 1월 강릉에서

차례

II. 별로 살아야 한다

Ⅲ. 사람이 그리워야 사람이다

IV.　당신이 보고 싶어 아침이 옵니다

Ⅴ. 푸르른 날엔 푸르게 살고 흐린 날엔 힘껏 산다

I

봄은 어디서 오는가

한 번은 詩처럼 살아야 한다

누구라도
한 때는 시인이었나니
오늘 살아가는 일 아득하여도
그대 꽃의 노래 다시 부르라

누구라도
일평생 시인으로 살 순 없지만
한 번은 詩처럼 살아야 한다
한 번은 詩인 양 살아야 한다

그대 불의 노래 다시 부르라
그대 얼음의 노래 다시 부르라

멈추지 마라

비가 와도
가야 할 곳이 있는
새는 하늘을 날고

눈이 쌓여도
가야 할 곳이 있는
사슴은 산을 오른다

길이 멀어도
가야 할 곳이 있는
달팽이는 걸음을 멈추지 않고

길이 막혀도
가야 할 곳이 있는
연어는 물결을 거슬러 오른다

인생이란 작은 배
그대 가야 할 곳이 있다면
태풍 불어도 거친 바다로 나아가라

가장 넓은 길

살다 보면
길이 보이지 않을 때가 있다

원망하지 말고 기다려라
눈에 덮였다고
길이 없어진 것이 아니요
어둠에 묻혔다고
길이 사라진 것도 아니다

묵묵히 빗자루를 들고
눈을 치우다 보면
새벽과 함께
길이 나타날 것이다

가장 넓은 길은
언제나 내 마음속에 있다

가슴 뭉클하게 살아야 한다

어제 걷던 거리를
오늘 다시 걷더라도
어제 만난 사람을
오늘 다시 만나더라도
어제 겪은 슬픔이
오늘 다시 찾아오더라도
가슴 뭉클하게 살아야 한다

식은 커피를 마시거나
딱딱하게 굳은 찬밥을 먹을 때
살아온 일이 초라하거나
살아갈 일이 쓸쓸하게 느껴질 때
진부한 사랑에 빠졌거나
그보다 더 진부한 이별이 찾아왔을 때
가슴 더욱 뭉클하게 살아야 한다

아침에 눈 떠
밤에 눈 감을 때까지
바람에 꽃 피어
바람에 낙엽 질 때까지
마지막 눈발 흩날릴 때까지
마지막 숨결 멈출 때까지

살아 있어 살아 있을 때까지
가슴 뭉클하게 살아야 한다

살아있다면
가슴 뭉클하게
살아 있다면
가슴 터지게 살아야 한다

희망

한 줌 한 줌
빛을 퍼뜨리며

조금씩 천천히
절망을 헤쳐내는 것이다

밤을 이기는 것은
낮이 아니라 새벽이요

어둠을 이겨내는 것은
한낮의 태양이 아니라 새벽 여명이다

살아 있는 한 첫날이다

살아 있는 한 첫날이다
사랑하는 한 첫사랑이요
기다리는 한 첫눈이다

어제는 흘러간 강물
내일은 미지의 대륙
오직 오늘만 내 손안에 있나니

살아 있는 한 마지막 날이다
사랑하는 한 마지막 사랑이요
기다리는 한 마지막 눈이다

고드름

거꾸로 매달려 키우는 저 것이
꿈이건 사랑이건
한 번은 땅에
닿아보겠다는 뜨거운 몸짓인데

물도 뜻을 품으면
날이 선다는 것
때로는 추락이
비상이라는 것

누군가의 땅이
누군가에게는 하늘이라는 것
겨울에 태어나야
눈부신 생명도 있다는 것

거꾸로 피어나는 저 것이
겨울꽃이라는 것

해빙기 解氷期

이따금 삶에도 찾아온다

눈물과 한숨이
두꺼운 얼음으로 얼어붙어
긴 빙하기를 지난 후
조금씩 조금씩 녹아내린다

몇만 몇십만 년 만에 찾아와도
지구는 그러려니 하겠으나
백 년의 하루살이가
마냥 기다릴 수만은 없는 일이기에

나는 저 무표정한 냉동의 언어를
해방기 解放期라 고쳐 읽으며
전의를 다지는 것이다

불끈 주먹을 쥐고
한조각 한조각
얼음을 깨부수는 것이다

햇살문

유리창을 넘어
거실로 걸어 들어온 햇살이
직사각형의 길쭉한 문을
벽에 만들었다
저 햇살의 문을 열고 들어서면
어떤 세상이 펼쳐질까
엉뚱한 생각이 일어나는데
어찌 보면 문 주변의 그늘이 기둥 아니겠는가
그늘의 기둥이
위 아래 옆을 받쳐줘서
저리 햇살문으로 설 수 있는 게 아니겠는가
문득 또 다른 생각이 이리 말하기에
나는 햇살문으로 다가가
그늘의 기둥을 슬며시 어루만져주었다
어찌 보면 슬픔이 기쁨으로 들어가는
문의 기둥인지도 모르겠다 싶었다

사람꽃

누구였을까
불을 꽃이라 부르기 시작한 이
그때 그의 눈에 피어나던
불의 꽃은 어떤 향기를 지녔을까
그 꽃잎 떨어져 내릴 때
슬쩍 눈가에 이슬도 맺혔을까
다시 뜨겁게 피어날 날 손꼽아 기다렸을까
어쩌면 빙하기의 깊고 깊은 동굴 속이었으리
다만 칠흑의 어둠 속에서
빨갛게 피어오르는 춤사위를 바라보며
묵묵히 봄을 기다렸으리, 기다리며 깨달았으리
얼음도 꽃이고 눈도 꽃이고 불도 꽃이거늘
사람인들 왜 꽃이 아니겠느냐고
심장의 불꽃, 일제히 몽우리를 터뜨렸으리

삶이 내게 소리치라 말한다

창백한 푸른 점,*
한 점 먼지뿐인
내게 삶이 소리치라 말한다

작고 약하였으나
어리석고 느렸으나
그리도 많은 눈물을 흘리며
운명과 싸워왔느니
삶이 내게 소리치라 말한다

우주여, 보아라
여기 한 인간이 살다 간다
영원이여, 새겨들어라
여기 불의 심장을 지녔던 한 인간이
순간의 불꽃을 불화산처럼 피우며 살다 간다

---

* 칼 세이건의 『코스모스』

인생

자주
막막하고

이따금
먹먹해도

늘
묵묵하게

별

나를 바라보며
소원을 빌지 마

어둠 속에서도
스스로 빛나는 사람이 되어야 해

꽃도 동굴 속에 갇혀 있다
혼자 피어나는 거란다

2월 예찬

이틀이나 사흘쯤 더 주어진다면
행복한 인생을 살아갈 수 있겠니?

2월은 시치미 뚝 떼고
빙긋이 웃으며 말하네

겨울이 끝나야 봄이 찾아오는 것이 아니라
봄이 시작되어야 겨울이 물러가는 거란다

봄은 어디서 오는가

아직은 살아볼 만한 세상이라고
해마다 꽃들이 다시 핀다

젖은 마음을 햇살에 말리고
웃음꽃 한 송이 얼굴에 싱긋 피우면

사람아, 너는 봄의 고향이다

민들레

어딘들 못 살랴
질기고 쓴 것이 목숨이더라

짓밟히고 짓밟혀도
흙에 바짝 몸 붙이고
꽃대 높이 하늘로 치켜세워
마침내 노란 희망 담담히 피워낸다

은빛 우주 한 채 지었다가
그마저도 바람 불면 허물어 버리고
다시 뿌리내릴 새 땅 찾아 날아가니

어딘들 못 가랴
버리고 비우면 날개더라

바닥

살아가는 동안
가장 밑바닥까지 떨어졌다 생각될 때
사람이 누워서 쉴 수 있는 곳은
천장이 아니라 바닥이라는 것을
잠시 쉬었다
다시 가라는 뜻이라는 것을
누군가의 바닥은
누군가의 천장일 수도 있다는 것을
인생이라는 것도
결국 바닥에 눕는 일로 끝난다는 것을
그래도 슬픔과 고통이
더 낮은 곳으로 흘러가지 않는다면
지금이야말로 진짜 바닥이라는 것을

라면

딱딱하게 배배 꼬인 놈이
세상에서 가장 부드러운 면발로 변해
어느 가난한 입에
부러울 것 없는 미소를 짓게 만들기 위해서는
반드시 한 번은 펄펄 끓는 물에
들어갔다 나와야 한다

生이여, 알겠지?

고구마

고구마가 잘 익었는지
젓가락으로 푹, 푹 찔러보는 것

슬픔이나 아픔 따위가
설마 그런 일은 아니겠지요?

하여간 큰 고구마일수록
오래 삶아야한다는 것쯤은 알고 있습니다마는

국수

희고 동그랗고 부드러워
가난한 입맛에 착 착 달라붙고
붙잡는 사람 하나 없는 아리랑 고개처럼
쏙 쏙 목구멍을 넘어가면
초승달처럼 꺼졌던 배가 보름달처럼 부풀어 올라
주름진 얼굴에도 웃음꽃 피어나는데
기실은 국수도 못되어 국시로나 불리고
국시도 못되어 국시꼬랭이로나 떨어져 나와
한 숟가락도 안 되는 수제비로 끝나려는지
솥뚜껑 위에서 구워져 아이들 군것질로 끝나려는지
삶이 잔치가 맞기는 맞는지
내 몸은 또 얼마나 희고 동그랗고 부드러운지
잔치국수 한 그릇을 먹으며 희멀건한 생각을 해보는데
그래도 뜨끈뜨끈한 것이 들어가니 뱃속은 든든하였다
그러면 되았지 싶었다

순댓국

34

마음을 비우기 어려워
술잔을 비우는 저녁
채워도 채워도 채워지지 않는 생도
순댓국 한 그릇에
소주 한 병이면 가득이더라
순댓국에 담겨 있는
순대 같은 사랑이나 해보았으면
뜨끈한 순대국물
너의 입에 사분사분 떠먹여주었으면
기껏 생각이나 하였을 뿐인데
순대가 목에 걸려 나는 울었다
순하게 살자, 독한 목숨아

해장국

사는 기 왜 독한 술 같을 때가 있잔혀
그런 날엔 해장국 한 그릇 먹는 겨
뜨신 국물에 공기밥 텀벙 말아
후루룩 게눈 감추듯 먹는 겨
그러면 뱃가죽 깊은 곳에서
장해, 장해, 소리가 들린다니께

사는 기 왜 아주 지랄 맞을 때가 있잔혀
그런 날엔 해장국 한 그릇 뚝딱 해치우는 겨
뚝배기 밑바닥까지 빡빡 긁고는
장해, 장해, 일없이 내뱉어보는 겨
어깨 한 번 으쓱하고는
거리로 나가는 겨

가을 남자

저기 가을 남자가 간다
긴 코트를 입지도 않고
목깃을 세우지도 않고
커피를 뽑아 들지도 않고
주머니에 손을 넣지도 않고
단풍에 눈길을 주지도 않고
낙엽을 밟지도 않고
저기 가을 남자가 간다
바람에 떨어지지 않으려
세상의 한켠을 움켜쥔 손등에
푸른 힘줄이 철로처럼 뻗어 있는
저기 한 남자의 가을이 간다

소나무

겹겹이 터지고 갈라진
저 껍질 속에
오래 이 민족을 먹여 살린
누런 소 한 마리가 들어앉아
사시사철 푸른 쟁기질을 멈추지 않는데
누군가라도 알아주기를 바랄 때는
솔방울 툭 툭 발가에 떨어뜨리는 것이니
그런 날에는 가던 걸음 멈추고 다가가
굽은 등짝 한 번 슬며시 쓰다듬어 줄 일이다

소나무를 생각한다

사는 게 힘에 부친다
싶은 날엔

바위를 뚫고 자라는
소나무를 생각한다

그 뿌리가 겪었을
절망과 좌절을 생각한다

거대한 벽 앞에 부딪쳐
털썩 주저앉고 싶었으나
끝끝내 밀고 나갔던
그의 외로움과 두려움을 생각한다

그만큼은 아니지
그만큼도 아니면서, 생각한다

7월의 시

신도 아시는 게다
이때쯤이면 새해를 맞으며
정성껏 칠한 마음 속 무지갯빛 꿈이
반쯤 벗겨진다는 걸

잊지 말라고
벌써 반이 지났다고
희망과 열정으로 다시 덧칠하라고
7월이다

일곱 번 쓰러져도
여덟 번 일어나면 된다고
일 년에 한 번 밖에 만나지 못하는
견우와 직녀도 결코 포기하지 않는다고
우리의 꿈과 사랑을
무지갯빛으로 다시 덧칠하라고
7월이다

8월의 기도

나의 잎을 무성하게 하소서

더욱 넓은 그늘로
지친 사람들을 쉬게 하시고
더욱 높은 우듬지로
어린 새들을 지켜주소서

눈물 흘리는 이를
나의 가슴에 기대게 하고
먼 나라를 꿈꾸는 이를
나의 어깨에 올라서게 하소서
사랑하는 연인들에게는
나의 머리 위로 뜨는
고요한 별들을 바라보게 하소서

이제 곧 나의 빛이 바랠 것을 압니다
슬픔 없는 따뜻한 이별을 허락하소서

영원한 잠에 드는 날에도
8월의 태양을 잊지 않으리니
내 마지막 녹음의 노래를
시들지 않고 더욱 푸르게 하소서

9월의 기도

9월에는
떠나간 사람들이
발걸음을 돌려
다시 돌아오게 하소서

9월에는
떠나온 사람들에게
발걸음을 돌려
다시 돌아가게 하소서

이 세상 살아가는 동안
다시 돌아올 사람도 없고
다시 돌아갈 사람도 없는
9월이 찾아오면
나를 당신에게로 돌아가게 하소서

그러나 당신은 사랑의 신
아직은 여름인 내 심장에 가을을 주어
다시 나를 돌아가게 하소서

나의 영혼이 나에게 돌아오고
내가 나의 영혼에게 돌아가는
9월의 첫날로

애기동백

너의 슬픔에 입 맞춰준 적 있는가

애기동백 앳된 얼굴에
자석처럼 끌려
홀린 듯 황홀히 입을 맞추면
문득 들려오는 소리

너의 눈물에 입 맞춰준 적 있는가

엄동설한에 피어나서도
세상을 향해 방긋방긋 웃고 있는
애기동백을 보자면
스스로 사랑하지 못할 삶도 없을 것인데

너의 겨울에 입 맞춰준 적 있는가

눈보라 휘몰아치던 너의 생 어느 날에
붉은 입술로 입 맞춰준 적 있는가

기다림

누군가 나를 기다리는 사람이 있다는 건
얼마나 눈부신 일인가

아침이 기다리는 태양처럼
밤이 기다리는 별처럼
그에게 한 줄기 밝은 빛이 될 수 있다는 건
얼마나 가슴 따뜻한 일인가

그리하여 그 날을 손꼽으며
내가 그를 기다리는 건
또 얼마나 가슴 뜨거운 일인가

태양을 기다리는 아침처럼
별을 기다리는 밤처럼
그를 위해 아름다운 배경이 될 수 있다는 건
또 얼마나 맑은 눈물 같은 일인가

우리는 태어나고 기다리고 죽나니
살아서 가장 햇살 같은 날은
한 사람이 또 한 사람을 촛불처럼 기다리는 날이라네

심장이 두근거린다면 살아 있는 것이다

눈물이 '핑' 돈다면
살아 있는 것이다

코끝이 '찡' 하다면
살아 있는 것이다

가슴이 '뻥' 뚫린 것 같다면
살아 있는 것이다

어깨를 '활짝' 펼 수 있다면
살아갈 수 있는 것이다

주먹을 '불끈' 쥘 수 있다면
살아갈 수 있는 것이다

두발을 '성큼' 내디딜 수 있다면
살아갈 수 있는 것이다

보아라!
슬픔을 이겨내기 위해서도
두 배의 낱말이 필요하지 않느냐

삶의 희망 또한 두 배의 절망쯤은
거뜬히 이겨내어야
진흙속에서도 연꽃처럼 피어나느니

심장이 '두근'거린다면
살아 있는 것이다

심장이 '두근두근' 거려야
한 세상 뜨겁게 살아갈 수 있는 것이다

우산

삶이란
우산을 펼쳤다 접었다 하는 일이요
죽음이란
우산이 더 이상 펼쳐지지 않는 일이다

성공이란
우산을 많이 소유하는 일이요
행복이란
우산을 많이 빌려주는 일이고
불행이란
아무도 우산을 빌려주지 않는 일이다

꿈이란
우산천과 같고
계획은
우산살과 같고
자신감은
우산손잡이와 같다

용기란
천둥과 번개가 치는 벌판을 홀로 지나가는 일이요
포기란

비에 젖는 것이 두려워 집안에 머무는 일이다

행운이란
소나기가 쏟아지는데 서랍 속에서 우산을 발견하는 것이요
불운이란
우산을 펼치기도 전에 비가 쏟아지는 것이다

희망이란
거리에 나설 때쯤이면 비가 그칠 것이라고 믿는 것이요
절망이란
폭우가 쏟아지는데 우산에 구멍이 나 있다는 사실을 발견하
는 것이다

도전이란
2인용 우산을 만드는 일이요
역경이란
바람에 우산이 젖혀지는 일이고
지혜란
바람을 등지지 않고 우산을 펼치는 일이다

사랑이란
한쪽 어깨가 젖는데도 하나의 우산을 둘이 함께 쓰는 것이요

이별이란
하나의 우산 속에서 빠져나와 각자의 우산을 펼치는 일이다

쓸쓸함이란
내가 우산을 씌워줄 사람이 없는 것이요
외로움이란
나에게 우산을 씌워줄 사람이 없는 것이고
고독이란
비가 오는데 우산이 없는 것이다

그리움이란
비가 오라고 기우제를 지내는 일이요
망각이란
비에 젖은 우산을 햇볕에 말려 창고에 보관하는 일이다

실수란
우산을 잃어버리는 일이요
잘못이란
우산을 잊어버리는 일이다

분노는
자동우산과 같고

인내란
수동우산과 같다

지식은
3단 우산과 같고
지혜는
2단 우산과 같으며
겸손은
장우산과 같다

부모란
아이의 우산이요
자녀는
부모의 양산이다

연인이란
비오는 날 우산속 얼굴이 가장 아름다운 사람이요
부부란
비오는 날 정류장에서 우산을 들고 기다리는 모습이 가장 아
름다운 사람이다

여행을 위해서는

새로 산 우산이 필요하고
추억을 위해서는
오래 된 우산이 필요하다

비를 맞으며 혼자 걸어갈 줄 알면
인생의 멋을 아는 사람이요
비를 맞으며 혼자 걸어가는 사람에게 우산을 내밀 줄 알면
인생의 의미를 아는 사람이다

세상을 아름답게 만드는 건 비요
사람을 아름답게 만드는 건 우산이다
한 사람이 또 한사람의 우산이 되어줄 때
한 사람은 또 한 사람의 마른 가슴에 단비가 된다.

Ⅱ

별로 살아야 한다

무료

따뜻한 햇볕 무료
시원한 바람 무료

아침 일출 무료
저녁 노을 무료

붉은 장미 무료
흰 눈 무료

어머니 사랑 무료
아이들 웃음 무료

무얼 더 바래
욕심 없는 삶 무료

별빛을 개어

빨래를 개어
옷장에 넣어두듯

마음을 개어
고요한 곳에 모셔두었다가

어둠을 만나면 어둠을 개고
슬픔을 만나면 슬픔을 갤 일이다

사람아,
생의 겨울이 와도
눈보라쯤은 거뜬히 이길 수 있도록

아침이면 햇살을 개고
밤이면 별빛을 개어
우리 가슴 한켠에 따듯이 모셔둘 일이다

그대 아시는지

꽃을 아름답게 피우는 건
햇볕이지만

꽃을 향기롭게 피우는 건
별빛인 것을

꽃처럼 산다는 거
열매를 맺으려
일생을 애쓰는 일임을

그대 이미
꽃처럼 살고 있음을

별로 살아야 한다

별로 아는 것이 많지 않아도
별로 가진 것이 많지 않아도
별로 웃을 일이 많지 않아도
별로 사는 사람들이 있다

별로 살아야 한다

눈부시다는 말

눈부시다는 말
참 좋지요

비 갠 아침의 눈부신 햇살
은빛으로 반짝이는 눈부신 강물
풀잎 끝에 매달린 눈부신 이슬
해맑은 아이들의 눈부신 웃음
오늘이라는 눈부신 시간
사랑해라는 눈부신 고백

눈부시다는 말
참 눈 부시지요

그대 가슴에 별 몇 개

꽃이 향기로운 건
밤마다 별을 바라보기 때문이지

나무가 하늘로 가지를 뻗는 건
별들의 이야기를 빠짐없이 듣고 싶어서지

비가 내리는 건
별들의 얼굴을 맑게 씻어주기 위해서지

새들이 하늘을 날아오르는 건
별들이 마실 물을 실어나르기 위해서지

사람아, 내가 이런 시를 쓰는 건
그대 가슴에 별 몇 개 빛나게 하기 위해서지

눈물 흘려도 돼

비 좀 맞으면 어때
햇볕에 옷 말리면 되지

길가다 넘어지면 좀 어때
다시 일어나 걸어가면 되지

사랑했던 사람 떠나면 좀 어때
가슴 좀 아프면 되지

살아가는 일이 슬프면 좀 어때
눈물 좀 흘리면 되지

눈물 좀 흘리면 어때
어차피 울며 태어났잖아

기쁠 때는 좀 활짝 웃어
슬플 때는 좀 실컷 울어

누가 뭐라 하면 좀 어때
누가 뭐라 해도 내 인생이잖아

작은 위로

아무도 울지 않는 밤은 없다*
오늘 그대가 운다면
그것은 그대의 차례

한 번도 눈물 흘러내린 적 없는 뺨은 없고
한 번도 한숨 내쉬어본 적 없는 입은 없고
한 번도 고개 떨궈본 적 없는 머리는 없다

오늘 그대가 잠들지 못한다면
그것은 그대의 차례
모두가 잠든 밤은 없다

---

* 이면우 시 「아무도 울지 않는 밤은 없다」

하루쯤

1년에 하루쯤은
아침부터 저녁까지
그저 웃기만 해도 좋을 일이다

1년에 하루쯤은
만나는 사람들에게
그저 따뜻한 말만 건네도 좋을 일이다

그래도 364일
마음껏 아파하며 슬퍼할 수 있고
마음껏 투덜거리며 화낼 수 있으니

1년에 하루쯤은
상처와 눈물 모두 잊어버리고
그저 감사만으로 살아도 좋을 일이다

언제나 그 하루를
내일이나 모레가 아닌 오늘로 만들며
365일 중 하루쯤, 하며 살아도 좋을 일이다

새해

소나무는 나이테가 있어
더 굵게 자라고
대나무는 마디가 있어
더 높게 자라고
사람은 새해가 있어
더 곧게 자라는 것

꿈은 소나무처럼
푸르게 뻗고
욕심은 대나무처럼
가볍게 비우며
새해에는 한 그루
아름드리 나무가 되라는 것

내 살아 한 번은

내 살아 한 번은 높은 산 큰바위처럼
그 바위에 떨어지는 여름날 힘찬 빗방울처럼

내 살아 한 번은 깊은 계곡 맑은 물처럼
그 물위를 흘러가는 가을날 붉은 단풍잎처럼

내 살아 한 번은 천 년을 산 느티나무처럼
그 가지에 내려앉는 겨울날 어린 눈송이처럼

내 살아 한 번은 사랑하는 당신처럼
그 얼굴에 번지는 봄날 꽃 같은 미소처럼

내 살아 한 번은 푸르고 푸른 하늘처럼
그 하늘을 떠가는 희고 흰 구름처럼

가슴에 강물처럼 흐르는 것들이 있다

세월 흐른 뒤에야
가슴에 꽃으로 피어나는 것들이 있다

세월 흐른 뒤에야
가슴에 촛불을 밝히는 것들이 있다

때로는
안개로 밀려오고

때로는
낙엽으로 떨어지고

때로눈
눈처럼 쌓이면서

세월 흐른 뒤에야
가슴에 강물처럼 흐르는 것들이 있다

청춘을 너무 헐값에 팔아넘겼으므로

나의 가난은 오래 되었다
청춘을 너무 헐값에 팔아넘겼으므로

무엇을 대가로 받았던가
깃발, 안개, 장미꽃 한 다발
한 계절이 지나기도 전 꽃잎은
모두 시들어 떨어지고
살 발린 생선처럼 긴 가시만 남은

삶이 종종 의아한 표정으로 묻는다
대체 우리에게 무슨 일이 일어났던 게냐고

얼굴을 붉히며 나는 대답하지
내가 슬픔에 너무 비싼 값을 치렀느라고
그리하여 이제 지갑이
텅텅 비었노라고

꽃의 손금을 읽다

꽃을 보면 안다
허공에서 얻은 몸은
허공에 버려야 한다는 것을

배가 땅 위에서 난파할 운명이로군요
손금이 젖지 않도록 조심하세요
주먹을 쥔 채 잠자리에 눕나요?
별에 가까울 수록 실금도 많아지겠어요
괜찮아요, 신이 읽는 건 얼굴에 새겨진 주름이니까

4월

꽃의 손금을 읽는 달, 꽃의 지문을 이마에 새기는 달, 꽃의 입
술에서 불을 훔치는 달, 꽃의 뿌리를 위해 무릎을 꿇고 기도하
는 달

어떤 슬픔은 지문처럼 새겨지고
어떤 지문은 꽃이 된다

눈물의 어원

영혼에 쏟아지는
눈이 녹으면 흘러내리는 것이다
너무 추운 겨울에는
외려 녹지를 않고
햇살이라도 살짝 비치는 날이면
살금살금 녹아내리다가
마침내 봄이 찾아오면
일제히 녹아 흘러내리는 것인데
눈물 많은 사람아, 괜찮다
그대 영혼에 폭설이 쏟아졌던 것이다
이제 다시 봄이 찾아오는 것이다

눈물을 위한 기도

어디서 솟아나는가

부르튼 발바닥
거칠고 굵어진 손가락
채워지지 않는 허기진 뱃속
시린 뼈마디 사이

주름진 뺨과 목 씻어주고
시들고 메마른 가슴 적셔주니
공연히 손등으로 훔치지 말 것
절대로 눈물 따위는 훔치지 말 것

그런데도 어디서 늘 가득 솟아나는가
가난하여도 맑고 깊어지는 영혼의 샘에서
우리 아무것도 세상에서 훔치지 않았노라고

경계를 경계하다

늘 경계할 것
지금 또는 여기쯤이 아닐까

강이 바다가 되는 경계
들판이 산이 되는 경계
만남이 이별이 되는 경계
삶이 죽음이 되는 경계

조심스레 넘을 것
다시 되돌아가지 못하며
생의 눈부신 꽃 그 즈음에 만개하느니

알이 새가 되는 경계
얼음이 물이 되는 경계
밤이 낮이 되는 경계
아이가 어른이 되는 경계

사람이 사람에게 내어주는 경계
사랑이 사랑에게 내어주는 경계

저녁의 시

급한 일이라도 있는지
어둠보다 별이 먼저 도착한 저녁

거미가 보따리를 풀듯
그리움을 허공에 풀어놓는다

내 비장히 노린 것은
사랑이었으나

먼저 걸려든 지구가
퍼드득 퍼드득 몸부림을 친다

밤이여,
서둘러 나의 비애를 덮으라

그토록 내가

그토록 내가 삶에서
간절히 바라던 것은 무엇이었나
풍문이 되는 것
사라져 버리기엔 너무 서럽고
드러내기엔 너무 위험해
안개처럼 출몰하는 것
환영처럼 넘나드는 것

그토록 삶이 내게
간절히 요구한 것은 무엇이었나
실재하는 것
안개든 밤이든 청춘이든
태양의 화살을 맞으며 쫓겨가더라도
고유함을 지키는 것
섣불리 무너지지 않는 것
그러면서도 시간의 본질에 무한한 기쁨을 느끼는 것

지금까지 얼마나 많은
슬픔과 고독이 필요했나
이제야 하늘과 산과 바다의
낮은 목소리를 들을 수 있느니
삶과 내가 그토록 서로에게

간절히 알려주고 싶어한 것은
모든 순간을 사랑할 것
모든 순간에 사랑할 것
한순간도 사랑을 의심하지 말 것

삶이 그토록 내 품에 안겨주려 애쓰고
내가 그토록 삶을 가득 채우려 애써온 것
오직 사랑이었다는 것

비 오는 날의 기도

비에 젖는 것을
두려워하지 않게 하소서

때로는 비를 맞으며
혼자 걸어가야 하는 것이
인생이라는 사실을 기억하게 하소서

사랑과 용서는
폭우처럼 쏟아지게 하시고
미움과 분노는
소나기처럼 지나가게 하소서

천둥과 번개 소리가 아니라
영혼과 양심의 소리에 떨게 하시고
메마르고 가문 곳에도 주저 없이 내려
그 땅에 꽃과 열매를 풍요로이 맺게 하소서

언제나 생명을 피워내는
봄비처럼 살게 하시고
누구에게나 기쁨을 가져다주는
단비 같은 사람이 되게 하소서

그리하여 나 이 세상 떠나는 날
하늘 높이 무지개로 다시 태어나게 하소서

눈 내리는 날의 기도

이 세상 살아가는 동안 누구에게나
첫눈처럼 기다려지는 사람이 되게 하소서

한 송이 한 송이씩 떨어지지만
이내 뭉쳐 하나가 되는 사람

세상의 모든 상처와 잘못을
깨끗함으로 덮어주는 사람

겨울의 깊고 어두운 밤마저
하얗게 빛으로 밝혀주는 사람

눈사람처럼 홀로 서 있어도
묵묵히 겨울바람을 이겨내는 사람

아이에게는 기쁨을 연인에게는 사랑을
어른에게는 추억과 행복을 가져다주는 사람

누군가 자신을 밟고 지나갈 때조차
뽀드득 뽀드득 맑은 소리를 내는 사람

이 세상 떠나는 날 누구에게나
첫눈보다 아름다운 기억으로 남게 하소서

12월 31일의 기도

이미 지나간 일에 연연해하지 않게 하소서
누군가로부터 받은 따뜻한 사랑과
기쁨을 안겨주었던 크고 작은 일들과
오직 웃음으로 가득했던 시간들만 기억하게 하소서

앞으로 다가올 일을 걱정하지 말게 하소서
두려움이 아니라 가슴 벅찬 희망으로
불안함이 아니라 가슴 뛰는 설렘으로
오직 꿈과 용기를 갖고 새로운 한 해를 뜨겁게 맞이하게 하
소서

조금 더 지혜로운 사람으로 살게 하소서
바쁠수록 조금 더 여유를 즐기고
부족할수록 조금 더 가진 것을 베풀고
어려울수록 조금 더 지금까지 이룬 것을 감사하게 하소서

그리하여 삶의 이정표가 되게 하소서
지금까지 있어왔던 또 하나의 새해가 아니라
남은 생에 새로운 빛을 던져줄 찬란한 등대가 되게 하소서

먼 훗날 자신이 걸어온 길을 뒤돌아볼 때
"그 때 내 삶이 바뀌었노라" 말하게 하소서

내일은 오늘과 같지 않으리니
새해는 인생에서 가장 눈부신 한 해가 되게 하소서

나는 배웠다

나는 몰랐다

인생이라는 나무에는
슬픔도 한 송이 꽃이라는 것을

자유를 얻기 위해 필요한 것은
펄럭이는 날개가 아니라 펄떡이는 심장이라는 것을

진정한 비상이란
대지가 아니라 나를 벗어나는 일이라는 것을

인생에는 창공을 날아오르는 모험보다
절벽을 뛰어내려야 하는 모험이 더 많다는 것을

절망이란 불청객과 같지만
희망이란 초대를 받아야만 찾아오는 손님과 같다는 것을

12월에는 봄을 기다리지 말고
힘껏 겨울을 이겨내려 애써야 한다는 것을

친구란 어려움에 처했을 때 나를 도와줄 수 있는 사람이 아니라
어려움에 처했을 때 내가 도와줘야만 하는 사람이라는 것을

누군가를 사랑해도 되는지 알고 싶다면
그와 함께 밤하늘의 별을 바라보면 된다는 것을

어떤 사랑은 이별로 끝나지만
어떤 사랑은 이별 후에야 비로소 시작된다는 것을

시간은 멈출 수 없지만
시계는 잠시 꺼둘 수 있다는 것을

성공이란 종이비행기와 같아
접는 시간보다 날아다니는 시간이 더 짧다는 것을

행복과 불행 사이의 거리는
한 뼘에 불과하다는 것을

삶은
동사가 아니라 감탄사로 살아야 한다는 것을

나는 알았다

인생이란 결국
배움이라는 것을

인생이란 결국
자신의 삶을 뜨겁게 사랑하는 법을 깨우치는 일이라는 것을

인생을 통해
나는 내 삶을 사랑하는 법을 배웠다

Ⅲ

사람이 그리워야 사람이다

안부를 묻다

잠은 잘 잤냐고
밥은 먹고 다니냐고
아픈 곳은 없냐고
많이 힘드냐고
얼마나 걱정하는지 아느냐고

풀잎 같은 세상에
꽃잎 같은 사람들

행복하라고
부디 힘내라고

괜찮냐고

그리 괜찮지는 않지만
당신이 내게 걱정스런 목소리로
괜찮냐고 물어본다면
나의 슬픔과 아픔은 조금 괜찮아지리

그리 괜찮지는 않지만
당신과 내가 진심 어린 마음으로
괜찮냐고 물어본다면
우리가 사는 세상은 한 뼘 더 괜찮아지리

그것을 알기에
나는 늘 당신에게 물으리
괜찮냐고 별일 없냐고 아무렇지 않냐고

그렇게 묻는 것만으로도
누군가에게 힘과 위로를 줄 수 있다면
참 괜찮지 않냐고

사람은 무엇으로 사는가

여름비 쏟아지는 이른 아침

달팽이 한 마리가 비를 맞으며

1시간에 5m의 속도로

아파트 옆 하천 산책로를 기어가고 있다

그 옆에 쭈그리고 앉아

두 개의 더듬이 그리고 나선형 껍데기에 관한

은유와 상징을 더듬거려 보다가

당최 성에 차는 문장이 떠오르질 않아

벌떡 자리에서 일어서는데

지나가던 초로의 남자가 다가와

두 손가락으로 달팽이를 조심스레 들어 올리더니

건너편 길가 풀섶 사이에 내려놓고는

다시 제 갈 길을 걸어가는 것이었다

그 사람의 등에 보이지 않는 높은 사원 하나

우뚝 세워져 있는 듯하여

나는 가만히 속으로 중얼거려보았다

"사람은 무엇으로 사는가"

동행

손을 잡고 함께 걸어갈
사람이 있다는 건
얼마나 따뜻한 일인가

팔짱을 끼고 함께 걸어갈
사람이 있다는 건
얼마나 가슴 뛰는 일인가

바람은 불고
꽃은 지고
지구는 빠르게 도는데

어깨동무를 하고 함께 걸어갈
사람이 있다는 건
얼마나 든든한 일인가

고마웠노라 행복했노라
이 세상의 일 마치고 떠나는 날
작별의 인사 뜨겁게 나눌 사람 있다면
그의 인생은 또 얼마나 눈부신 동행인가

어느 날 길 위에 멈춰 서서

어느 날 길 위에 멈춰 서서
이미 지나온 길을 바라볼 때
가슴에 꽃 한 송이 피어나기를

어느 날 길 위에 멈춰 서서
아직 걸어가야 할 길을 바라볼 때
가슴에 태양 하나 떠오르기를

그러나 그 어느 날도 아닌
바로 오늘 길 위에 멈춰 서서
먼 길을 걸어가는 사람들을 바라볼 때
가슴에 사랑 가득 샘처럼 솟아오르기를

함께 손잡고 그 길을 걸어가기를

행복의 길

당신이 행복하게 살았으면 좋겠다고
말해주는 사람이 있다면
당신은 인생을 잘 산 것입니다

당신이 행복하게 살았으면 좋겠다고
말해주고 싶은 사람이 있다면
당신은 인생을 더욱 잘 산 것입니다

그리고 행복은 그 때 찾아옵니다
당신이 자신의 행복보다는
누군가 다른 사람의 행복을 위해 기도할 때

사랑의 기쁨이 바로 그러하듯이

5월의 말씀

부모에게 더 바라지 말 것
낳아준 것만으로도
그 은혜 갚을 길 없으니

자식에게 더 바라지 말 것
태어나준 것만으로도
그 기쁨 돌려줄 길 없으니

남편과 아내에게 더 바라지 말 것
생의 동행이 되어준 것만으로도
그 사랑 보답할 길 없으니

해마다 5월이면
신록 사이로 들려오는 말씀
새잎처럼 살아라 새잎처럼 푸르게 살아라

자신에게 더 바랄 것
지금까지 받은 것만으로도
삶에 감사하며 살겠노라고

추석

연어처럼 돌아간다

어린 새끼들을 이끌고
오래 전 떠내려왔던 물살을 거슬러 올라가면
가을 햇살에 반짝이는 유년의 비늘들

빈 주머니면 어떠리
내일은 보름달이 뜨리니
가난한 마음에도 달빛은 한 가득

밤이 깊을수록
송편은 점점 커지고
아비 어미 연어 얼굴에는
기쁨이 사뭇 흘렀다

어머니

어쩐지 잘못 길을 걸어온 듯 느껴지는 날
겁먹은 어린아이의 눈길로 뒤돌아보면
저만큼 당신이 서 있을 것만 같습니다

어머니,
아직도 손을 흔들고 계시겠지요

꽃과 무지개만을 내려주소서(결혼 축시)

영원의 한 순간에 만났습니다
우주의 작은 별에서 만났습니다
팔십억 명이 넘는 인류 중에
단 두 사람이 만났습니다
이 놀라운 기적을 우리는 사랑이라 부릅니다

서로를 향해 조금씩 다가섰습니다
따뜻한 햇볕을 쬐어주고
시원한 바람을 쐬어주고
메마르지 않도록 물을 뿌려주었습니다
그 사랑의 씨앗이
이제 결혼이라는 한 송이
어여쁘고 설레임 가득한 꽃으로 피어납니다

신부여, 신랑이여
오늘 두 사람은 이 세상 가장 아름다운 꽃입니다
오늘 두 사람은 이 세상 가장 빛나는 별입니다
오늘 두 사람은 이 세상 가장 행복한 여행자입니다

부디 두 손을 놓지 마세요
사랑의 이름으로
부부로 맺어지는 것이니

사랑의 힘으로
부부라는 두 글자를 굳게 지키며 걸어가세요

장미꽃이 비바람을 이겨내듯
동백꽃이 눈보라를 이겨내듯
삶에 찾아오는 역경과 시련을
사랑의 힘으로 함께 이겨내세요

시간이 흘러도 결코 식지 않도록
지금 가슴 속에 가득 차 있는 사랑을
생의 마지막 날까지 뜨겁게 간직하세요

그리하여 인생이라는 여행의 끝에서
두 사람의 맞잡은 손이 더욱 따듯하기를
서로를 바라보는 눈에 감사와 행복만이 가득하기를

하늘이여, 땅이여, 바다여,
이제 신부, 신랑이 함께 걸어갑니다
오직 그 길에 꽃과 무지개만을 내려주소서

연리지 부부

어린 나무 두 그루 만나
부부라는 이름으로 살아왔다

뿌리 얽히고 가지 부딪쳐
얼굴 붉힌 날 많았지만

꽃피는 날은 함께 웃고
꽃지는 날은 함께 눈물 흘렸다

비 오는 날은 함께 젖고
비 그친 날은 함께 별을 바라보았다

푸르던 세월 꿈처럼 지나고
무성하던 잎 떨어지니 알겠노라

그대와 나
연리지 되어 있음을

부부란 살아가는 동안
연리지 하나 만드는 일이었음을

꽃

작은 일로 가시가 돋을 때
이 사람은 전생에 무슨 꽃이었을까
마음속으로 빙긋이 생각해 봅니다

나는 또 어떤 꽃이었을까요

작은 일로 가시가 돋을 때
이 사람은 전생에 무슨 꽃이었을까

용서 하나 갚겠습니다

생의 어느 날
사람에게 받은 상처를
용서하기 힘들 때

아버지,
당신에게 받은 용서 하나 갚겠습니다

어머니,
당신에게 받은 용서 하나 갚겠습니다

친구여,
그대에게 받은 용서 하나 갚겠습니다

생의 어느 날
사람에게 받은 상처를
용서하기 힘들어 잠 못 이룰 때

신이여,
당신에게 받은 용서 하나 갚겠습니다

누군가 물어볼지도 모릅니다

생의 마지막 날에
누군가 물어볼지도 모릅니다
몇 사람이나 뜨겁게 사랑하였느냐
몇 사람이나 눈물로 용서하였느냐
몇 사람이나 미소로 용기를 주었느냐

생의 마지막 날에
누군가에게 대답해야 할지도 모릅니다
시간을 낭비하지 않았습니다
사람을 가장 먼저 생각했습니다
세상을 아름답게 만들려 노력했습니다

생의 마지막 날에
아무도 묻지 않을지 모릅니다
그렇더라도 오직 한 사람
당신 자신에게는 대답해야만 할 것입니다
나는 한 번뿐인 삶을
정녕 온 힘을 다해 힘껏 살았노라고

성탄절

나는 이 세상에 아기로 왔느니
너희가 나와 한 몸이라는 것을
알려주기 위함이요
나는 이 세상에 울음으로 왔느니
인간의 고통을
내가 함께 겪고 있다는 것을
알려주기 위함이라
나는 이 세상에 마구간으로 왔느니
가장 위대한 행적도
가장 초라하게 시작될 수 있다는 것을
알려주기 위한 까닭이니라.

그리고 또 나는 너희에게 일러주느니
이 땅에 아기들이 태어나면
나를 대하듯 경배해야 한다는 것을
산타클로스를 기다리는 아이를
슬프게 만드는 일은
천사에게 죄를 짓는 일과 같다는 것을
어른이 된다는 건
산타클로스를 더는 믿지 못하는 게 아니라
인간이 산타클로스라는 믿음을 갖는 일이라는 것을
노인들에게도 산타클로스는 필요하다는 것을

때로는 그들이 가장 절실하다는 것을

사람아 내가 이 세상에 온 것은
축복받기 위함이 아니라
축복하기 위해 온 것이요
사랑받기 위함이 아니라
사랑하기 위해 온 것이니
오늘은 너희가 스스로 아기 예수가 되어라
오늘은 너희가 진정 사랑스런 아이들이 되어라
내가 이 세상에 축가로 다시 오리니

사람이 그리워야 사람이다

기온이 영하로 떨어지니
따뜻한 것이 그립다

따뜻한 커피 따뜻한 창가
따뜻한 국물 따뜻한 사람이 그립다

내가 이 세상에 태어나 조금이라도
잘 하는 것이 있다면 그리워하는 일일게다

어려서는 어른이 그립고
나이 드니 젊은 날이 그립다

여름이면 흰 눈이 그립고
겨울이면 푸른 바다가 그립다

헤어지면 만나고 싶어 그립고
만나면 혼자 있고 싶어 그립다

돈도 그립고 사랑도 그립고
어머니도 그립고 아들도 그립고
네가 그립고 또 내가 그립다

살아오면서 많은 사람을
만나고 헤어졌다

어떤 사람은 따뜻했고
어떤 사람은 차가웠다

어떤 사람은 만나기 싫었고
어떤 사람은 헤어지기 싫었다

어떤 사람은 그리웠고
어떤 사람은 생각하기도 싫었다

누군가에게 그리운 사람이 되자
사람이 그리워야 사람이다
사람이 그리워해야 사람이다

IV

당신이 보고 싶어 아침이 옵니다

운명 같은 사랑 그리운 날엔

운명 같은 사랑 그리운 날엔
뿌리마저 뽑아들고 동쪽바다 성끝마을
슬도(瑟島)로 가자

눈기둥처럼 흰 등대
우뚝 서 있고
흐린 날이면 비가
맑은 날이면 파도가
슬픈 사랑의 노래, 365일 비파(琵琶)로
연주하는 곳

이따금 섬 뒤편으로 날아드는
갈매기 두 마리
우산 속에 몸 가리고 날개 부비면
등대의 심장에도 붉은 피 돌아
먼 바다 돌고래떼 가슴께까지 불러들이는 곳

결국에야 갈매기 떠나고 나면
또 한 사연 현무암 바위에
작은 구멍 되어 새겨지고
바람 부는 날이면
수 만개의 구멍

일제히 잔 울음 터뜨리는 곳

운명 같은 사랑 그리운 날엔
슬도 바위에 앉아
흰 새 되어 기다려 보라

가을 아침처럼 다가와
꺼지지 않는 불빛 가슴속
등대에 밝혀놓는 사람 있으니
그대, 다시는 돌아오지 못하리

봄 편지

그의 이름을 부르면
마음에 봄이 찾아오는 사람이 있어
그대여, 꽃을 부르듯
너의 이름을 가만히 불러본다

사랑은… 따듯하여라

그의 이름을 부르면
마음에 봄이 찾아오는 사람이 있어

봄비

심장에 맞지 않아도
사랑에 빠져 버리는
천만 개의 화살

그대, 피하지 못하리

내가 사랑을 비처럼 해야 한다면

내가 사랑을 비처럼 해야 한다면
한여름 폭우 되어 너를 만나리
번쩍 번쩍 손길에 번개 이끌고
우르릉 우르릉 발길에 심장 울리며
그치지 않는 장마 되어 너를 찾으리
밤이고 낮이고 쉬임 없어서
잠깐은 멈췄으면 싶어도 질 때까지

사랑이란
가슴을 적시는 게 아니라
가슴이 잠겨버리는 것이다

사랑이란 또 한 가슴
잠겨버리게 만들어야 하는 것이다

6월 장미에게 묻는다

다시 사랑에
빠질 수 있을까

붉은 열망과
푸른 상처를
만지작 만지작거리며
6월 장미에게 묻는다

누군가를 다시
사랑할 수 있겠니

누군가를 다시
그리워할 수 있겠니

누군가의 가시에 콕 찔려
다시 소스라치게 놀랄 수 있겠니

사랑은 만 개의 얼굴로 온다

사랑은
만 개의 얼굴로 온다

아침에서 밤까지
하늘에서 바다까지
꽃에서 달까지
사랑은 만 개의 얼굴로 온다

그리하여 그대의 사랑이 꿈 같을 때
그리하여 그대의 사랑이 기적 같을 때
사랑은 다시 만 개의 심장으로 온다

터져라 심장이여!
죽음도 두렵지 않으니
사랑은 천만 개의 불꽃으로 온다

내 안에 머무는 그대

당신을 만나기 전에는
아침이 밝아왔는데
당신을 만난 후로는
사랑이 밝아옵니다

당신을 만나기 전에는
어둠이 밀려왔는데
당신을 만난 후로는
사랑이 밀려옵니다

아침부터 밤까지
내 안에 머무는 그대
당신을 만난 후로는
사랑 안에 내가 머뭅니다

당신이 보고 싶어 아침이 옵니다

당신이 보고 싶어
아침이 옵니다

밤을 지나
어둠을 헤치고
낮을 지나
빛조차 뿌리치고

당신이 보고 싶어
저녁이 옵니다

장밋빛 노을에 물든
태양처럼
따뜻한 어둠에 잠긴
별처럼

당신이 보고 싶어
잠에 듭니다

애평선 愛平線

114

땅과 하늘이 만나
지평선을 만들고

물과 하늘이 만나
수평선을 만들고

나의 그리움과 너의 그리움이 만나
애평선을 만든다

흐린 날
더 멀리 보인다

장미꽃을 건네는 법

죽을 만큼 사랑하는
사람에게 바치는
장미꽃이라 해도
가시를 모두 떼어내고
꽃만 건네줄 수는 없다는 것쯤

그러므로 사랑하는 사람에게
장미꽃을 건넬 때는
가시에 찔리지 않도록
잘 감싸서 주어야 하다는 것쯤

영원한 사랑을
맹세하며 바치는
장미꽃이라 해도
언젠가는 그 꽃과 향기
시들기 마련이라는 것쯤

그러므로 사랑하는 사람에게
장미꽃을 건넬 때는
그 꽃과 향기 사라지기 전에
흠뻑 사랑에 취해야 한다는 것쯤

불처럼 사랑하는
사람에게 바치는
장미꽃이라 해도
붉은 장미와 흰 장미를
반씩 섞어야 한다는 것쯤

그러므로 그 사랑
뜨거운 열정만이 아니라
순백의 순결로도
함께 불타오르기를
소망해야 한다는 것쯤

사랑하는 사람에게
장미꽃을 건네받을 때는
오직 한 가지, 그 뺨
장미꽃보다 붉어져야 한다는 것쯤

여름 편지

당신, 잘 있나요
그대가 누군지 몰라도
나는 그대를 사랑합니다

산 그림자 수심에 잠긴 호숫가
이름 없는 풀잎과 풀꽃처럼
우리의 만남 시작된다 해도
나는 그대를 사랑합니다

불타오르는 태양이 달궈놓은 대지를
한순간에 식혀버리는 소낙비처럼
우리의 이별 뜻밖에 찾아온다 해도
나는 그대를 사랑합니다

한여름 밤의
깨어나지 않는 긴 악몽처럼
이별 후의 슬픔 끝나지 않는다 해도
나는 그대를 사랑합니다

그러니 그대여
이제는 내 곁으로 오소서

그대가 누군지 모르는 나와
우리가 알지 못하는 신비한 사랑이
지금 당신을 기다리고 있는 이곳으로

입추

여름은 접어두고
가을로 들어가는 날이라는데
1년에 하루쯤
입애(入愛)라는 날이 있어
모든 것 접어두고
사랑으로 들어가 봤으면
뙤약볕 같은 상처일랑
그늘에 벗어두고
아침부터 밤까지
알몸으로 바람의 무릎에 누워봤으면
이윽고 늙은 저녁이
주름 많은 손으로
젊은 나무들의 지친 어깨를 어루만지는 시간이 찾아오면
나도 그대의 손을 잡고 들려주리

— 사실은 말이요, 아주 먼 옛날, 사람들의 눈이 별처럼 빛나
던 날에는 입추가 아니라 입애라고 불렀다오

가을은 단 하나의 언어로 말하네

가을은 단 하나의
언어로 말하네

사랑하라 사랑하라 사랑하라

하늘과 바람 낙엽과 단풍
오직 단 하나의
언어로만 속삭이니

사랑하라 사랑하라 사랑하라

여름을 지나
겨울로 가는 이여
가을이 오면
우리가 사랑을 하자

가을이 와도
사랑에 빠질 수 없다면
우리의 가을은 가을도 아닌 것
우리의 사랑은 사랑도 아닌 것
우리의 삶은 삶도 아닌 것이다

이제 곧 눈 덮인
겨울밤 찾아오려니
우리 함께 불가에 앉아
오직 단 하나의
언어로만 이야기하자

사랑하였노라 사랑하였노라 사랑하였노라

가을 편지

9월과 11월 사이에
당신이 있네

시리도록 푸른 하늘을
천진한 웃음 지으며 종일토록 거니는
흰 구름 속에

아직은 녹색이 창창한 나뭇잎 사이
저 홀로 먼저 얼굴 붉어진
단풍잎 속에

이윽고 인적 끊긴 공원 벤치 위
맑은 눈물처럼 떨어져 내리는
마른 낙엽 속에

잘 찾아오시라 새벽 창가에 밝혀 놓은
작은 촛불의 파르르 떨리는
불꽃 그림자 속에

아침이면 어느 순간에나 문득 찾아와
터질 듯 가슴 한껏 부풀려 놓으며
사르랑 사르랑 거리는 바람의 속삭임 속에

9월과 11월 사이에
언제나 가을 같은 당신이 있네
언제나 당신 같은 가을이 있네

신이시여,
이 여인의 숨결 멈출 때까지
나 10월에 살게 하소서

내가 사랑하는 여자

가을 공원에 앉아
단풍을 스카프처럼 배경으로 두른 채
해질 무렵까지 시를 읽는 여자

그 손끝에서
시가 묻어나는 여자
그 시가 가슴에 낙엽으로 떨어져
밤새 바스락거리는 여자
그런 날 새벽이면
스스로 시가 되어 모로 눕는 여자
매일 아침
시인으로 다시 태어나는 여자

딱 한 번만 그 여자의 시가 되어
함께 바스락거리며 살아 보았으면

겨울 편지

부탁이 있다
첫눈처럼 찾아와 다오
그리움으로 몇 번이고 하늘 바라볼 때
문득 내 가슴에 살포시 내려앉아다오

부탁이 있다
첫눈처럼은 오지 말아 다오
닿자마자 흔적도 없이 사라져
찾아온 듯 아닌 듯 애태우지는 말아다오

부탁이 있다
첫눈처럼도 아닌 척 찾아와 다오
내 한 번도 본 적 없는 큰 눈으로
무섭게 무섭게 폭설로 쏟아져 다오

부탁이 있다
첫눈처럼이 아니라도 찾아와 다오
봄날에야 내리는 마지막 눈처럼이라도
한 번은 약속이었다는 듯이 내 가슴에 다녀가 다오

네가 보고 싶어 눈송이처럼 나는 울었다

이번 생에는
이룰 수 없는 사랑이라지만

이번 생에는
잊을 수 없는 사랑이었기에

네가 보고 싶어
빗방울처럼 나는 울었다

네가 보고 싶어
낙엽처럼 나는 울었다

어느 봄날 꽃 피는 길 위에서 마주치더라도
그간의 안부는 묻지 마라

네가 보고 싶어
눈송이처럼 나는 울었다

사랑아, 다시는 꽃으로도 만나지 말자

나를 사랑하는 너는 잠들었으리
나를 사랑했던 너는 잠들었으리

지우개로 지우다 반쯤 남은 글자처럼
다시 또 하루가 지나면
투명한 눈물 속에 번지는
푸른 잉크 같은 슬픔
가로의 등을 하나씩 하나씩 모두 지워도
새벽은 끝내 오질 않고
세로로 곧추서는 표정 잃은 고독이여

사랑의 전생은 바다
사랑의 다음 생은 바람
오늘 사랑의 생은 바보였으니
밤 하나 없는 별이 어디 있으며
사망 하나 없는 사랑이 어디 있으랴
                  .

내 한숨 쉬며 고백하는 것은
너를 생각하는 밤마다
별빛 폭포수처럼 쏟아져 내렸다
지금 내 머리 위로 그러하듯이

이것은 내일의 유언
이것은 내일이 미리 쓰는 오늘의 유언

사랑아, 다시는 꽃으로도 만나지 말자
사랑아, 다시는 햇살로도 만나지 말자

V

푸르른 날엔 푸르게 살고
흐린 날엔 힘껏 산다

인생 예찬

살아 있어 좋구나
오늘도 가슴이 뛴다

가난이야 오랜 벗이요
슬픔이야 한 때의 손님이라

푸르른 날엔 푸르게 살고
흐린 날엔 힘껏 산다

꽃멍

멍하니 불을 바라보고
멍하니 물을 바라본다

살아가는 일에 멍이 든 영혼일수록
골똘한 법인데

멍하니 하늘을 바라보고
멍하니 별을 바라본다

살다보면 누구나 푸른 멍
한두 개쯤 몸에 지니기 마련인데

아름다운 사람아
마음에 그늘 지는 날에는
꽃멍을 하자, 새벽부터 밤까지
물끄러미 초롱한 눈으로 꽃멍을 하자

나는 꽃을 먹고 자랐지

삶이 화난 목소리로 묻는 날이 있다
그렇게까지 할 필요 있느냐고
이렇게까지 고집스레 살아야 하느냐고
온종일 투덜거리는 날이 있다

토닥토닥 그의 등을 두드리며 말해준다
그래도 내가 아까시꽃을 먹으며 자랐다고
이래봬도 내가 진달래꽃을 먹으며 큰 사람이라고
그의 입에 살며시 꽃잎을 넣어주는 날이 있다

밥만 먹자고 이 세상까지 왔겠는가

밥만 먹자고 이 세상까지 왔겠는가
술도 한두 잔 마시고
커피도 몇 잔쯤 마셔야지

일만 하자고 이 세상까지 왔겠는가
산책도 하루이틀 다니고
사랑도 몇날은 해봐야지

이 말만 하자고 이 세상까지 왔겠는가
꽃도 한두 송이 피우고
별도 몇 개쯤 닦아줘야지

커피

꽃도 아닌 것이
향기롭게 만들고

술도 아닌 것이
취하게 만든다

사랑도 아닌 것이
그립게 만들고

인생도 아닌 것이
뜨겁게 만든다

이 깊고 은밀하고 진중한 것을
무엇이라 부르랴

분명코 커피만은 아니리니

권주가

아침에 핀 꽃은
저녁 바람에 지고

밤에 내린 눈은
아침 햇살에 녹네

그대여 잔을 비우라
살아가는 일은 그보다 더 짧으니

낮과 밤을 가려 무엇하랴
노을과 단풍을 얼굴에 물들이세

캬

저녁 어스름이 내려앉는 시간
소주 한 잔을 빈속에 들이키면
100억 광년 우주 너머
칠흑 같은 어둠 속에서 빛의 속도로 날아와
입 밖으로 뛰쳐나오는 원시의 언어

그래도 세상은 살 만하다고
밤하늘 별은 아직 때 묻지 않았다고
내일은 내일의 해가 뜬다고
아니, 설사 그렇지 않을지라도 그냥 모두 씻어버리라고

세상에서 가장 짧은 연설!
세상에서 가장 뜨거운 포옹!
세상에서 가장 눈물겨운 감탄사!

캬!

자작을 좋아하다

혼자 짓거나
혼자 만든다는 건
얼마나 아름다운 일인가
또한 얼마나 눈물겨운 일인가

자작나무가
자기 스스로 껍질을 희게 만들고
자기 스스로 나뭇잎을 푸르게 만들고
자기 스스로 겨울이면 옷을 벗는 일을 보라

이렇듯 세상의 모든 것들이
자작자작 뜨겁게
스스로 삶을 지으며 살아가느니

우리가 술 한 잔을 자작하려거든
자작나무의 흰 껍질과 푸른 잎을 기억하며
어느 날이고 눈보라치는 겨울이 오면
알몸으로도 묵묵히 이겨내는 생을
스스로 만들어야 한다

선운사

아무래도 헤어지기 어려운 여자와
선운사 대웅전 뒤켠으로 함께 가
이별은 동백꽃 모가지째 떨어지듯이 하잔께
말하였더니 그 여자 눈물만 송이송이 떨어뜨리며
이제 막 땅에 떨어진 동백꽃 하나 주워들더니
참, 징하요, 말하는 것이더라

와온에 가거든

노을 몇 점 주우러 가는 도로에
촘촘한 간격으로 설치된
수십 개의 과속방지턱을 넘으며
상처란 신이 만들어 놓은
생의 과속방지턱인지도 모른다 생각해 보았다
서두르지 말고 천천히 가야 한다는

느릿느릿 도착한 와온 바다
엄지손톱만한 해가 수십만 평의
검은 갯벌을 붉게 물들이며
섬 너머로 엉금엉금 지는 모습을 보자면
일생을 갯벌 게구멍 속에서 지내도
생은 좋은 일만 같았다

그대여, 와온에 가거든
갯벌 게구멍 속에 느릿느릿 들어앉았다 오라
밀물이 들기까지 생은 종종 멈추어도 좋은 것이다

비양도

비양도에 가서 알았다
생의 절반은 일몰이라는 것을
낮 세 시면 이미 뱃길이 끊어져
어쩔 줄 모르고 파도에 제 몸을 숨기는 섬
소주 한 병을 비울 시간이면
얼굴 가슴 손 발을 모두 어루만질 수 있고
소주 반 병을 비울 시간이면
어깨에 앉아 제주라는 섬을 바라볼 수 있는 곳
보다가 가장 작은 섬은 가장 큰 대륙,
보노라면 가장 큰 대륙은 가장 작은 섬이었기에
생의 절반은 일출이라는 것을
비양도를 떠나며 뱃멀미처럼 나는 앓았다

겨울 원대리

씻을 죄라곤 한 점 없을 삶인데도
겨울 내내 흰 눈으로 온몸을 씻고 있는
자작나무 사이를 거닐며
바람이 불 때마다 쏟아져 내리는
소금 같은 눈사발 몇 됫박 뒤집어쓰고
흰 슬픔으로 검은 영혼을 씻기다 보면
어느새 봄볕보다 따스한
겨울 원대리

구룡포 과메기

호랑이 담배 피던 시절
청어靑魚로 만들었다
서너 점만 먹어도
눈빛이 앞바다처럼 푸르러지고
심장이 먼바다처럼 짙푸르러졌다

지금은 꽁치로도 만드는데
그 맛이 신들의 음식이라
호미곶 호랑이는 담배를 끊고
구룡포 아홉 마리 용은
온종일 용트림을 하고 있다

행여 믿기지 않거든 직접 와서 보라
구룡포에서는 세 끼를 과메기로 먹어
사람들이 입을 열 때마다
등푸른 생선이 허공을 날아다닌다
구룡포에서는 과메기가 열 번째 용이다

땅을 걸어 다니는 사람들아
그대의 삶, 그대의 꿈이
푸른빛을 잃어갈 때 포항으로 오라
구룡포에서는 한숨조차 푸르고
구룡포에서는 눈물조차 짙푸르다

하동에서 쓰는 편지

아우야,
나는 너무 긴 세월을
허둥거리며 살았구나

이번이 막차라는 듯
놓치면 다시는 올라탈 수 없다는 듯
허둥지둥 살았구나

이제사 돌아보면
생의 모든 걸음이 허방인 것을
한 발도 헛디디지 않겠다며
두 눈 부릅뜨며 살았구나

아우야,
나는 이제 남은 날들을
하동거리며 살련다

지리산 기슭에 누워
벚꽃 매화 이불 덮고
섬진강 모래톱에 앉아
무너져도 슬픔 없을 성을 쌓다가
저녁 무렵 남해로 걸어들어가는 해를 보며

한 수 잘 배웠네, 술잔 기울이련다

평사리 들녘이
금빛에서 은빛으로 바뀌는 날
지난 봄 갓 딴 찻잎을 끓여 마시며
하동포구 눈 쌓이는 소리에 흠뻑 취해

아우야, 우리가 한 번은
하동거리며 살아야 하지 않겠느냐

막차나 놓치며 살아야겠다

첫차나 기다리며 살아야겠다
가본 적 없는 곳 하나 점찍어 두고
만나본 적 없는 사람 만날 생각에
실컷 잠이나 설쳐야겠다

아무 곳에서나 불쑥 내려
저만치 멀어져 가는 차를 향해
반갑게 손이나 흔들어야겠다
낯선 거리를 걸으며
얼토당토 않은 삶이나 서먹서먹 찾아야겠다

경적과 기적과 뱃고동 소리
끝없이 세상에 울려퍼지는데

막차나 놓치며 살아야겠다
돌아가야 할 곳에 돌아가지 못하고
만나야 할 사람 만나지 못하며
그것참, 그것참, 섭섭히 웃으며 살아야겠다

고맙다

아느냐 알고 있느냐
푸른 하늘이 내게 묻는다면
모른다 정녕 모른다 대답하리

그러냐 그런 것이냐
높은 산이 내게 묻는다면
아니다 정녕 아니다 대답하리

무엇으로 와
무엇을 찾으려
그대 이 작고 아름답고
쓸쓸한 별에 머물다 가는가

저녁 들녘의 꽃 한 송이가 내게 묻는다면
고맙다 정녕 고맙다 입맞추고 떠나리